À tous les membres de l[...]

L'apprentissage de la lecture est l'une des réalisa[...] importantes de la petite enfance. La collection *Je* [...] pour aider les enfants à devenir des lecteurs exper[...] qui aiment lire. Les jeunes lecteurs apprennent à lire en se souvenant de mots utilisés fréquemment comme « le », « est » et « et », en utilisant les techniques phoniques pour décoder de nouveaux mots et en interprétant les indices des illustrations et du texte. Ces livres offrent des histoires que les enfants aiment et la structure dont ils ont besoin pour lire couramment et sans aide. Voici des suggestions pour aider votre enfant avant, pendant et après la lecture.

Avant

Examinez la couverture et les illustrations, et demandez à votre enfant de prédire de quoi on parle dans le livre.

Lisez l'histoire à votre enfant.

Encouragez votre enfant à dire avec vous les formulations et les mots qui lui sont familiers.

Lisez une ligne et demandez à votre enfant de la relire après vous.

Pendant

Demandez à votre enfant de penser à un mot qu'il ne reconnaît pas tout de suite. Donnez-lui des indices comme : « On va voir si on connaît les sons » et « Est-ce qu'on a déjà lu un mot comme celui-là? ».

Encouragez l'enfant à utiliser ses compétences phoniques pour prononcer d'autres mots.

Lorsque l'enfant a besoin d'aide, lisez-lui le mot qui pose un problème, pour qu'il n'ait pas trop de mal à lire et que l'expérience de la lecture avec les parents soit positive.

Encouragez votre enfant à lire avec expression... comme un comédien!

Après

Proposez à votre enfant de dresser une liste des mots qu'il préfère.

Encouragez votre enfant à relire ses livres. Il peut les lire à ses frères et sœurs, à ses grands-parents et même à ses toutous. Les lectures répétées donnent confiance au jeune lecteur.

Parlez des histoires que vous avez lues. Posez des questions et répondez à celles de votre enfant. Partagez vos idées au sujet des personnages et des événements les plus amusants et les plus intéressants.

J'espère que vous et votre enfant allez aimer ce livre.

Francie Alexander,
spécialiste en lecture
Groupe des publications
éducatives de Scholastic

Mme Friselis

Liza

Texte original: The Magic School Bus in the Bat Cave
ISBN 978-0-545-98206-1

L'autobus magique est une marque déposée de Scholastic Inc.

Édition publiée par les Éditions Scholastic,
604, rue King Ouest, Toronto (Ontario) M5V 1E1

5 4 3 2 1   Imprimé au Canada   09 10 11 12 13

Sources Mixtes
Groupe de produits issu de forêts bien
gérées et d'autres sources contrôlées.
www.fsc.org Cert no. SGS-COC-003098
© 1996 Forest Stewardship Council
FSC

L'autobus magique visite les chauves-souris

érôme   Raphaël   Kisha   Pascale   Carlos   Thomas   Catherine   Hélène-Marie

Jeanette Lane

Illustrations de Robbin Cuddy
Conception graphique de Rick DeMonico
Texte français d'Isabelle Allard

**Inspiré des livres *L'autobus magique*
écrits par Joanna Cole et illustrés par Bruce Degen.**

L'auteure aimerait remercier Barbara French, conseillère scientifique
à Bat Conservation International, pour ses précieux conseils
durant la préparation de ce livre.

Éditions
◤◣ SCHOLASTIC

— Allons chez Thomas, dit
Mme Friselis.
— Mon père est à la maison
aujourd'hui, ajoute Thomas. Il pourra
nous aider.

Une fois chez lui, Thomas observe les alentours.

— C'est bizarre, dit-il. Mon père devrait être ici. Où est-il passé?

— Où sont les chauves-souris? demande Hélène-Marie.

— Les chauves-souris vivent sous les toits et les ponts, ainsi que dans les immeubles, les arbres et les grottes, lit Hélène-Marie.
— Ces chauves-souris viennent juste d'arriver ici, dit Thomas.

Nous montons dans l'autobus magique.
L'autobus se transforme... en chauve-souris brune!
Nous nous envolons vers la forêt.

GRANDES CHAUVES-SOURIS BRUNES DE 7,5 À 15 CM

DES MILLIONS DE CHAUVES-SOURIS
par Raphaël

Certaines chauves-souris vivent seules, et d'autres vivent en groupes. Des millions de chauves-souris peuvent vivre ensemble!

Même dans les grands groupes, les mères trouvent toujours leurs petits. Une mère reconnaît le cri et l'odeur de son bébé.

CHAUVE-SOURIS ROUSSE

COMMENT CHASSENT
LES CHAUVES-SOURIS?
par Hélène-Marie

Les chauves-souris utilisent
les sons pour repérer les
objets dans le noir. Elles
émettent des sons, et
l'écho leur revient.

Elles se servent de l'écho
pour se former une image
mentale. Cette image
équivaut à voir dans le noir.

ÉCHOLOCATION
Les chauves-souris repèrent
les insectes grâce à l'écho.

Il fait noir dans la grotte.
Nous ne voyons pas de chauves-souris.
Mme Friselis nous distribue des lunettes
spéciales.
Maintenant, nous en voyons!

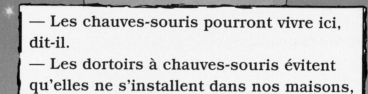

— Les chauves-souris pourront vivre ici, dit-il.
— Les dortoirs à chauves-souris évitent qu'elles ne s'installent dans nos maisons, explique Hélène-Marie.

LES CHAUVES-SOURIS DEVRONT ENCORE DÉMÉNAGER.

AU MOINS, ELLES N'ONT PAS BEAUCOUP DE BAGAGES!

DES CHAUVES-SOURIS DANS UN DORTO

LES CHAUVES-SOURIS SONT UTILES...

Mme Friselis a raison : les chauves-souris SONT des animaux fascinants.

- Elles mangent des insectes nuisibles, comme les moustiques.
- Elles contribuent à polliniser les fleurs, tout comme les abeilles.
- Leurs fientes, ou guano, peuvent être utilisées comme fertilisant par les fermiers.

MAIS ATTENTION!

Il faut être prudent en présence de chauves-souris. Ce sont des animaux sauvages! N'essaie jamais de toucher ou de prendre une chauve-souris.

UNE FOULE DE CHAUVES-SOURIS!

Ce livre ne mentionne que certaines espèces de chauves-souris, mais il en existe beaucoup. On trouve des chauves-souris de diverses tailles et formes, un peu partout dans le monde. Voici quelques espèces :

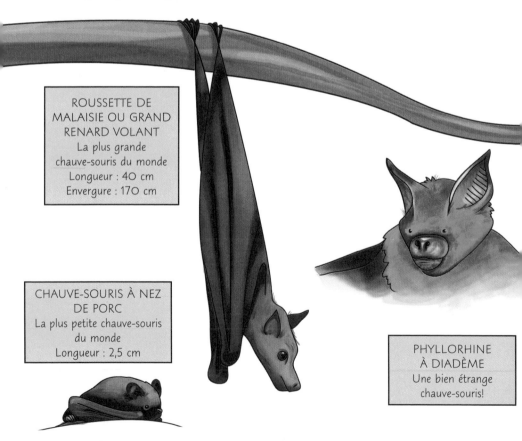

ROUSSETTE DE MALAISIE OU GRAND RENARD VOLANT
La plus grande chauve-souris du monde
Longueur : 40 cm
Envergure : 170 cm

CHAUVE-SOURIS À NEZ DE PORC
La plus petite chauve-souris du monde
Longueur : 2,5 cm

PHYLLORHINE À DIADÈME
Une bien étrange chauve-souris!